インバネスの背

松﨑信子

「春　ニューヨーク、セントラルパークにて」

作風叢書第一五一篇

インバネスの背＊目次

Ⅰ

山城　6
幻の回廊　11
天使の梯子　14
士族坂　19
カクレキリシタン　22
祈禱　27
ピエタの踏絵　30
義景の墓　34
覇者の手に　37
秘陶　44

Ⅱ

阿蘇の原　48
脚気地蔵　51
霧立越え　55
久住分かれ　59

Ⅲ

プサンの丘　68
南京街路　71
台北をゆく　76
京の街角　81

古代の声　84
名護屋城址　87

Ⅳ

堂島の雨　90
レインコートの犬　94
少女フワニータ　99
インバネスの背　105
エゴの花　107
母の里　112
魔女への転生　116

トルコ桔梗　122
風花は　126
高校生の群れ　131
鱗翅目舞ふ　137
百合の花束　142
スイスの山の花　148
霜月の大地に　152
・・・・・ワスレナイデ・・・・・　156
鳥影　160

あとがき　164

装画　木村直行

I　歴史を辿る

山城

滅びたる山城のあと地の霊を吹きあげ咲きぬ朴白白と

生ぐさく椎の花房匂ふ午後父子相克の城跡を行く

武士《つはもの》の攻め倦《あぐ》みたる山城をケーブルカーにやすやす越ゆる

信長もここに佇《た》ちしや眼下《まなした》に光り果てなき長良《ながら》の流れ

幼き実揺るる桜の下蔭を行きて逢ひたり光秀の墓

桔梗《きちかう》の紋ひらめける錯覚に客呼ぶ檝湖《うみ》風に鳴る

人影のなき寺の庭折折の悲鳴に似たる孔雀の叫び

清廉の性《さが》といはれし光秀の額《がく》の中なる激しき眼《まなこ》

決断の身にも響《な》りけむ不断鉦《ふだんしやう》謀反の心とどめあへずも

濁りなき渓《たに》水はしる昼の寺ガラシアの母の眠りひそけく

光秀の墓のかたへを登りきて槻《つき》の木の間に暗き湖みる

光秀の謀反の心測りえず曇り重たき空と別るる

主殺しを言ひてたちまち滅ぼしし虚仮《こけ》の秀吉われは好まず

古びたる寺の傘借り雨の野に近江の人と別れむとする　大野誠夫

雨の坂に別れし師の背忘れじと便り届きぬ近江の人の

幻の回廊

遠き世の楼門のあと渦描く白きいしずゑ草生《くさふ》に眠る

憶良・旅人ここに在りけむ茫茫と幻の回廊いらかを連ぬ

浄域に萌ゆる楓のうすみどり翔たむ季《とき》まつ翅《し》果《くわ》はくれなゐ

はたはたと樟の若葉のひるがへる天満宮みち母と歩みき

帰り路《ぢ》の足どり重き母なだめ寺に別れし悔い今に持つ

尺ほどの川のせせらぎ清らなり藍染川とふ名にて呼ばるる

御神体はおむすび形のみかげ石水城《みづき》の蔭に坐《ま》す道祖神

酔芙蓉まがきに咲かす湯豆腐屋共に入りにし母は在《いま》さず

天使の梯子

降りつづく雨にあらはなる石の径登りきて立つ能古の窯あと

逃れきし隠れ陶工の築きけむ古窯にいづる伊万里《いまり》の欠片《かけら》

過ぎし世の牧の跡なる「牛の水」しどろに乱る河骨《かうほね》の黄の

猫多き島と思ひぬ下り来し坂の物影まなこの光る

霊魂はここに還るとつね言ひき海を見放くる壇一雄の碑

海の上《へ》の空に束の間かかりたる「天使の梯子」誰かのぼりし

小皺よる銀鼠《ぎんねづ》色の海の面《おも》入り陽ひつそり抱きてゐたり

この浦に鯨とりにし日は遠く浜に小さき烏賊の干反れる

鯨法会《ほふゑ》いまに続くといふ浜の店に貼らるる「鯨肉《クジラ》アリマス」

海よりの風の荒びに椨《たぶのき》はうす紅《べに》の苞《はう》皿の上《へ》に置く

黄に照らふ夏柑の肌のつやめくを能古の港の露店に求む

船待つと列の長きにつきをれば四囲のいづれも若者の肩

開かれて風になびける幾百のイカは漁港の白き花びら

士族坂

白白と夾竹桃の花咲ける士族坂《さむらひざか》は今につづきて

城跡は宮居となりて古き世の威武のあかしの黒門のこる

オランダ橋・とび石橋はた百里橋異名の多きめがね橋なり

たどり来し山路ひらけてゆくりなく天使のラッパの群落に逢ふ

後醍醐帝直筆の文字うすれつつ金烏《きんう》の旗の今に残れる

五條頼元、懐良親王に従って下向

年若き征西将軍に従ひて都に帰らず世は移りけり

ふすま絵の中なる初代いつまでも若き武将のままに世を経し

大振りの珈琲碗をてのひらに山の時間はゆるやかに過ぐ

カクレキリシタン

山幾つ越えて来《きた》れる海の辺に思はぬ白亜の尖塔そびゆ

諸人《もろびと》の罪を負ひたる十字架のイエス顕《あらは》なり冬の聖堂に

幼き日の祈りの言葉復《かへ》しつつ聖歌流るる下《もと》に慎まし

安息日にあらぬ教会ひつそりと黒衣の尼僧ふたりいで来つ

遠き世の囚はれ人も見しならむ島のいづこも黄なる石蕗《つはぶき》

隠れつつ祈り継ぎたる人の掌にありしロザリオ朱の色の濃き

オテンペンシャ呪文めく名の縄の鞭聖具と聞けど責め具なりしか

探索の眼きびしき世を経たる納戸神《なんどがみ》イエスは和装におはす

焚刑《ふんけい》のありしをしるす碑の背《そびら》爛れしごとき樹樹の小暗し

おびただしき血の流されし処刑あと昇天石三《み》つ　冬波洗ふ

銀三十枚にて売られしイエス　この浜に売られし者の価は知れず

生月島

候鳥の交差点とふ大バエの断崖すぐる群れのすばやし

殉教の島の夕暮れ黒雲《こくうん》を裂きて流るる光ひとすぢ

祈禱

「一木一草奪ふべからず」遠き世の戒めのまま聖地小暗き

草履ばき禁ずる聖地ためらはず信徒につきて素足に入りぬ

冷えびえと枯れ葉積もれる処刑あと墓碑名のなき祠小さし

幻のごとくクルスの浮かびしか「魔鏡」はひそと飾り戸にあり

暗き灯のもとに集ひて唱へけむ籠りがちなる祈禱《オラショ》の響き

ポルトガル語・ラテン語・日本語混然と祈禱の意味は判然とせず

幼き日唱へしことばの片片《へんぺん》のありて親しもカクレの祈禱

ピエタの踏絵

碧眼の司祭の説ける神の愛貧しき民は光となしき

圧政のゆゑなる貧に喘ぐもの現《うつつ》ならざる神に縋りき

穴吊りの信徒のうめき耐へがたく遂に転びし異国の司祭

日本名・日本人妻持ちふたたびは生国見ざりき転び伴天連《バテレン》

触れし人の著き慄《おのの》き思はしめか黒くありぬピエタの踏絵

油蟬ヂリヂリ鳴ける殉教地はまゆふの白き花の乱るる

「天国《パライソ》」へ笑みて逝きにし少年を筆にとどめきルイス・フロイス

秀吉の狂心《たぶれ》のあらはなる耳削ぎの刑・串刺しの刑

命より神を選びて揺るがざる信仰といふを時に恐るる

とうろりと藍に凪ぎたる五島灘キリシタン殉教哀史にとほく

義景の墓

主家逐ひて峡に栄えし百年も一睡にして戦火に滅ぶ

野薊の丈高くして滅びたる館《たち》の水の辺かげろふ揺るる

されかうべ杯《はい》にされたる義景の無念おのづと廃墟の庭に

残り花ほのかに見する藪椿義景の墓に紅《べに》ひとつ置く

墓碑銘のすでに薄るる石の塔翡翠《ひすい》のはねの蜻蛉《あきつ》動かず

一乗谷朝倉遺跡の椅子に食ぶうつつ世にある黒胡麻アイス

覇者の手に

蝮草ひそかに苞を伸ばす道過ぎて訪ひたり秀次の墓

鶯のこゑも疎まし覇者の手に断たれし若き一生《ひとよ》思へば

乱は静に潜みゐるらし花筏池の面《も》割きていろくづの跳ぶ

夫と子のためにと伝はる供養塔頼家の名なきを後に思へり

浄域の池に瞬時に身を濯ぐ燕のゑがく直線しろし

政争に敗れし遠流《をんる》の天皇《すめらぎ》の憤怒まざまざ立つ大銀杏

都恋ひ幽鬼のさまに果てたると流され人を歴史は伝ふ

著莪《しやが》の花群れ咲く木蔭たどり来て流罪の皇《おう》の墓に詣づる

遠き世の船着場とふ谷《やと》の昼青竹はらりと衣ぬぎたり

惨劇のありしを今に語り継ぐ谷の緑に絡む昼顔

吹く風を生臭しとは思はねど古都の歩みは遅れがちなる

夫も子もあらざる後の世を生きし尼将軍の心は如何に

高時の腹切りやぐらほの暗く見えざるものに肌《はだへ》泡立つ

北条氏ここに滅びき　緑蔭に倚《よ》れば無心の木鼠はしる

涸びたる池の彼方の洞《ほら》の闇　作庭夢窓国師を伝ふ

撒きたるは風の掌鳥の嘴《はし》くれなゐ著くアカザ萌えたつ

過ぎにし日大野夫妻の辿りたる山城への道曲折多し

備中松山城

山坂の寒き空気を撲《う》ちながら枯葉舞ひくる枯葉の上に　大野誠夫

いつの世に降《ふ》りたるものか層なせる楡の朽葉にそと足をおく

頂ゆ見放くる峡にこまごまと甍よせあふ日本の景

秘陶

はな鯉を飼ひて豊けき隠れ里朝鮮陶工始祖のはるけし

いにしへも拉致はありけり累累と残る朝鮮陶工の墓

上がりゆく霧のあはひの屏風岩「故山に似たり」と誰か言ひけむ

恨《ハン》の心炎となして遺ししか砧《きぬた》青磁の冴えたる色は

飾窓《ウインドー》の呉須の色よき尺の皿むかし宴《うたげ》に勇名《いさな》盛りしか

やぶ椿しとどに濡らす峡の雨秘陶スパイの伝へは暗し

遠き世の何を盛りしや首長き水鳥あまた描かれたる杯

ふくらかに復元されし藍の壺すぎし世の闇ひそみてをらむ

Ⅱ　山を歩く

阿蘇の原

残生は山に賭けむか茫茫の歳月を経てはく登山靴

根子岳は「猫だけ」かと問ふ幼ゐて今日の登山の足どり弾む

両手足のうちの三点大地より常離すなとリーダーの声

いかづちに打たれしならむ杉大樹切つ先白く蒼天を指す

指ほどの空色なるを阿蘇谷に草りんだうと教へられたり

祭神は荒ぶる男神《をがみ》山頂に立てる我等を風に苛む

登りきて眼下に開く阿蘇の原斑《はだら》に黄なり放牧の地の

枯れ葉積む山路にまろぶ鮮烈な椿の紅《こう》は乱さず歩む

脚気地蔵

英彦山《ひこさん》は神坐《いま》す山まづ漱ぎ恙《つつが》なかれと下宮に祈る

いつの世に賑はひたるや奉納の木槌積まるる脚気《かつけ》地蔵は

渓沿ひの樹下一面をおほひ咲く妖しきまでのキツネノカミソリ

足もとの礫《こいし》みつめて渉りきし眼にやさしネムの糸花

見下ろせる諫早湾は堰かれゐて藍と鈍《にび》色二分かれなす

渓水《たにみづ》のふいに澱めるひと所ツリフネサウの群落を見る

山頂の権現堂に続く段過《きだ》ぎたる日日の雪淡くおく

頂の視界おぼろに霞むなか浄めのごとも粉雪きたる

夜の闇の死闘なるべし涸れ沢の朽葉の上に翅の片片

今はもう風の通はぬ風穴《ふうけつ》の闇の彼方に過ぎし歳月

霧立越え

歳月の彼方に見しは何ならむ樹齢千年の平家ブナ立つ

西海に敗れし平氏の落ちしとふ霧立越《きつたちご》えをからがら歩む

山霧に紛れ行きけむ落人のまぼろし見えず秋の蒼天

山鳥の発つ音にさへ怯へしや子連れの鹿も平家の武者も

悪女ゆゑ名高くなりしトリカブト白岩山のなだりに誇る

落人の伝へは杳《とほ》し秋山の人工雪のゲレンデ花やぐ

山苞《やまづと》の朴葉の上に鰯焼くかかる素朴を忘れて久し

まれまれに茫の穂わた風に発つ淋しきものぞ火の国の原

古生代の海の記憶を抱くらし巨岩うつそり樹海に坐る

満月の今宵は光放ちゐむ橅の根方に見しツキヨダケ

久住分かれ

ほのかなる硫黄の匂ひ運びくる風と出逢へり久住《くぢゆう》分かれに

仮り親の巣に孵りたる郭公の歓びの声谷間に繁し

念念の思ひもあらむ道の辺のケルンの幾つ瓦礫となるな

風荒るる季は如何にか尾根に沿ふサビタの木群れ低く莟《つぼ》める

晩秋の俵山峠人影のまれまれとなる風の通ひ路

咲きのこる松虫草も龍胆も秋天の色藍を映せり

涸れ渓を渉りつつゐて不意に逢ふ一掬《いつきく》の水にのみど潤ふ

間なく来む雪の季節を思ひゐつ俵山山頂くもの重層

歳月はみな掻き消さむこの原に西南の役の布陣ありしも

渉り来てかへりみる目に黒黒と枯れ原分かつ一筋の道

ブナ落葉ふみて入り来し湧水池ゼブラ模様の水面《みなも》騒立つ

わけ入りし林の奥の清らなる独唱《アリア》のごとき水奔《はし》るこゑ

阿蘇山系の水がよろしと列をなす　誰か砂漠の民思はずや

登攀の思ひ出いくつ甦《かへ》らせて霧に紛るる今日の根子岳

神の手の一閃ならむことごとく光を掬ひ黄葉降り来《く》

二年ぶりの山路に心躍らせて恥ぢらふごとき堅香子に逢ふ

山苞は風に運ばれ命得しゲンノショウコのくれなゐの花

杉木立小暗き中に朱を点し折折まぶしフシグロセンノウ

斑《はだら》なす樹下の光を渉りつつ九重国原水汲みに来つ

口中にチリチリ跳ぬる炭酸泉山の恵みの伏流水は

「熱中する少女」

Ⅲ　旅を行く

プサンの丘

朝鮮に戦《いくさ》ありし日は遠く同窓の友らと海峡渡る

翩翻《へんぽん》と弔旗はありつ戦ひに逝きし等眠る釜山《プサン》の丘に

生国に還ることなき兵の墓一基一基に秋バラ匂ふ

豊かなる稲田広がるその果てに厳然とあり北緯三十八度線

仮想敵国つねに背後に持つ国か野の方《かた》に戦車運ばれて行く

唐辛子赤く鋭き店先に一握《いちあく》の塩と松の実を購ふ

暗き歴史知らざる子らよハングルを書く手眺むる我に微笑む

南京街路

遠き日の記憶の底ゆ呼びいだす混沌の地の二つの大河

空海も鑑真も思はざりしよ今の世は空翔けゆけば近き中国

五つ星のホテルの窓ゆ見下ろせる低層アパート群緑蔭を見ず

水上生活者の舟にあらむか白きシャツ幾つなびかせ運河過ぎゆく

「不要《プーヤオ》」縋る物売り払ひしが驕る我らかと心和まず

国慶節近く北京へ急ぐらしミサイルの列としばらく並ぶ

アジアの血濃き貌ならむ幾たびも十二億の民の一人と見らる

退勤時の南京街路に溢れつつ膨らむ自転車危ふく避《よ》ける

蔦生ふる南京城壁背《せな》に撮る「中日友交」の旗かかげつつ

南京虐殺にさらりと触れて「戦ひの悲劇」と言ひし眸《まみ》若かりき

長江大橋に立つ農民像かの暗き文革の影ふいにさしくる

茶に濁る長江フェリーにて渡る目に行き泥《なず》みゐる兵の幻

通じざる会話の果てに共通の漢字のあれば筆談となる

仲秋の名月の下一会なる異国の女男《めを》と交はす「再見《ツァイチェン》」

台北をゆく

空港の熱気が煽る昂りも身体検査に逆撫でされつ

少年と少女にかへる古稀われら風暖かき台北《タイペイ》をゆく

肩に風受けて歩める我らなりシュールな服の幾人まじへ

台北の朝《あした》の路上一斉に流るるごときスクーターの列

街中に多き漢字は旧字体外つ国といへど俄かに親し

「全家便利商店」コンビニなるべし　車窓に見つけはたと手を打つ

亡き人も見にけむ玉《ぎょく》の白菜を故宮博物院に見飽かず

お好み焼・テンプラ・焼きそば匂ひ立ち熱気あふるる夜の屋台街

つぶら瞳《め》の蛙四・五匹坐りゐる食材市場に豆板醤《トウバンジャン》かふ

孔子廟に会ひたる媼遠き目にふと漏らしたり「日本語恋し」

岩燕落ちたりと見し峡谷の底ひの水の碧玉の色

華やげる旅の余韻のまざまざとあれば不意なり学友の死の

パラソルの中にはんなり微笑める写真《うつしゑ》の人この世にあらず

京の街角

一塊の石とも紛ふみ仏に香《こう》ほのかなり京の街角

秘めやかに鉄幹・晶子の宿りしは何方ならむこの清滝の

清滝の明けやすき夜を怨じけむ人に秘めたるきぬぎぬなれば

模写なれどこれの世を睨《ね》む青不動金の眼《まなこ》のあやに鋭し

立て砂は神のひもろぎ降る雨に形くづさず霊気をはらむ

倒木の土に還れる歳月の長きを知りぬ糺《ただす》の森に

神護寺の雨の石段四百段ひらひら上りまだ余力あり

み仏の前に忘れし夏帽子嘆きの声を聞くにやあらむ

古代の声

鳥見山ひつそり抱く池の面の菖蒲の黄色・睡蓮の紅《こう》

素《そ》つ首をとられし玉葱畑《たまねぎばた》の辺に千年経たる人の首塚

遠つ世の女男の通ひ路川中に用なくなりて坐る飛び石

沢の辺にパラソル広ぐる沢胡桃かはたれ時に逢ひしは誰ぞ

秋風に発たむ刻待つ沢胡桃つばさ持つ花序《くわじよ》枝を撓むる

山迫る底ひの部落祝戸《いはひど》に古代の声を聴きつつ寝ねむ

羅を纏ひ風に吹かるる古の女《をみな》ぞ相応《ふさ》ふ朱雀大路は

エゴの木の上枝《ほつえ》に遊ぶ風ありて花とめどなく垂直に降る

名護屋城址

太閤の野望はるけく立つ岬イカ釣船の水脈《みを》ひきて過ぐ

秀吉の野望のゆゑに残りたる名護屋城址の秋を歩めり

ペルシア模様の朱の色しるき陣羽織皺みし秀吉の顔のせて見る

シャガールの絵のごとき牛たち上がり海を見てをり岬の端《はな》に

潮風に耐へて自づと丈低き海桐花《トベラ》の朱の実こぼれむばかり

Ⅳ　生きてゆく日々

堂島の雨

風たちて白じろ萩の咲き初めぬ今年の秋を君はもう見ず

山口氏

堂島の雨に別れてそれよりは彼《か》の好漢に会ふ術あらず

相次ぎて訃報届けりことさらに水仙香る冬至の朝《あした》

山の友君との思ひ出かの夏の「久住わかれ」の積乱雲も

抜きん出て師走の庭に真白なる毬花咲かすテングノウチハ

歳晩の風に誘はれわらわらと高砂百合の種子の旅立ち

出家せむ決意の固き汝を送る庭の霜葉くれなゐぞ濃き

外つ国の恵まれぬ子にワクチンを約しし夕べの歩み軽やか

撓めゐて一途なりしか山茶花の濃きくれなゐは庭を領する

請はれつつシャッターを押す浄域に肩並めて立つ若き二人に

レインコートの犬

水無月の雨の路上に救ひたる子犬如月の風に攫はる

柔らかき黒天鵞《ビロード》の手触りを我が掌に遺し冷えゆける耳

汝《な》が在りし辺りに未だ残り香のしるく鼻孔の奥熱くする

足早に雨の公園よぎる時レインコートを着し犬と遭ふ

今少し距離を置きたし汝《なれ》の死にスタバの窓の雨を見てゐる

忘るなと言ふが如くに塚の辺にウォーターリリーの薄紅ひらく

寒の日の京の修行を明日終へむ汝《なれ》に明るき未来開けよ

祭なき社の裏は風の道楠のわくらば運ばれ行けり

たつぷりの和紅茶すすり芋タルト齧りて捨てむ詮なき思ひ

北国ゆ桜メールの届きたり我が家の葉桜涼やかな頃

街川に漂ふ鴨に従きゆきて百鳥遊ぶ江津湖《えづこ》に至る

水の面《も》に現るるまでの鳰《にほ》の息測りてをりぬ二十秒ほど

寒気団去りたる午後の空に浮く肋骨雲にのぞく薄藍

透明な傘の彼方に見ゆる湖《うみ》・あを鷺・水草彩り淡く

少女フワニータ

会場の闇にアンデスの風すさびミイラの少女ほのかに浮かぶ

標高六千の山の贄とし凍りゐき亜麻色の髪の少女フワニータ

くれなゐは呪力持てりき生贄の少女とありしウミギク貝も

文字のなき民の使ひし紐の束「キープ」の残す結縄の謎

届きたる甲州百目の干し柿は膾に入れむ亡き母よびて

河原の草もみぢ日々濃くなりて紙漉きの里に冬の近づく

「酒井田氏発祥の地」*の碑映されてわが村の秋しばし華やぐ

＊柿右衛門

黄葉に紅葉《もみぢ》重ぬる残照の寺庭ふとも物狂ひめく

いつの日か大樹とならむ埴色《はにいろ》の小さき実拾ふブナの林に

賜はりし秋夜ひとときプラハ・プロ管弦楽の音に癒されつ

モーツアルト第四十番愛したる天界の兄へ弦の音響け

秋の夜の孤身にぞ沁む「アベ・マリア」祈りは常にこの星のため

生《あ》れし日は花ひらく季如何ならむ神の黙示のありしや知れず

恐山に手相よまれし日のありき「常命八十四歳」その声去らず

ロールシャッハ・テスト浮かびぬ黒白《こくびやく》の脳内映像左右対称

わが終《つひ》はいかなる形今日友が湯船の中に逝きしを聞けり

インバネスの背

悼　長山不美男師

み柩に花捧げたり額髪《ぬかがみ》に霜おくまでの教へを謝して

幼き掌に握られて来し銭ぬくし恥ふかく売る日暮の絵本　長山不美男

鉱山に働く人に注がれし熱き眼差し『絵本』に残る

「味噌汁に目刺し数尾のある暮らし」清貧なりき師の日常は

インバネスの師の背につきて過ぎりたる三池街道再び訪はず

凡庸を激しく誹り切り捨つる師の声の欲し愁ひの夏は

エゴの花

緩和病棟《ホスピス》の庭にはらられくエゴの花終《つひ》の姿はしのびやかなる

幽明の間《あはひ》さまよふ友の身を引き戻さむと交々《こもごも》に呼ぶ

礼子さん

他愛なきことにも笑ひ転げたる健やかなりし少女の我ら

お揃のコンビの靴の四人組教師を夢にひたに励みき

共に歌ひし日は遥かなり合唱曲菩提樹《リンデンバウム》の永遠《とは》なる響き

足重き葬り帰りの浅茅原《あさぢはら》小さき竜巻たちまち襲ふ

夜嵐に行方知れずとなりし傘混迷の世のいづく彷徨ふ

草の上《へ》のオレンジ一葉と見てゐしが身を翻す緋縅蝶《ひをどしてふ》の

国家主義《ナショナリズム》の発酵つづく　ロンドンにメダルの数の増えゆくたびに

いづくにか衆愚を笑ふ声すなり回り舞台はいく巡りせむ

思ひ切り罵りたらむにその言語知らざれば酔ふオペラのアリア

病む友の伏す部屋〈四階〉夕暮れの扉するする外界隔つ

変身の叶はざる身の眺むるはパセリはりはり食める夢虫

渾身の終の姿を見せばやとオレンジに染むメタセコイアは

母の里

満開を過ぎたるさくら風に飛ぶだあれもいない母の古里

裏山につづく石段歳月に研がれて危ふし「通行禁ズ」

伯母逝きて無人となりし母の里風の草生に水仙手折る

亡き人に手渡されたるメッセージ開かざる間に夢覚めにけり

夏休み終はりて間なく学園へ戻る少女と犬は遠出す

海舟の今際の言葉いさぎよく簡明なりし「コレデオシマイ」

女丈夫《ぢよぢやうふ》と言はれし祖母の血誰よりも濃く継ぎてゐし従姉みまかる

三途川《さうづかは》渡しに払ふ六文銭いつしか紙片に刷られて軽き

罷りきて思ひ出しをり亡き人の愛せし乙女の持つ泣き黒子

亡き人の如何なる縁《えにし》銀髪と真珠の耳輪《リング》まなかひ去らず

喪の服のボタン失せたり何時しかに我が身離れて帰らぬ一つ

魔女への転生

理科苦手「核」分からざる我が朋よ懺悔なすべし瞑目すべし

放射能目に見えざれば慣れゆくと福島に住む友よりの文

バッサリと切るが良からむ人気《ひとけ》なき田舎のコンビニ終夜を点す

大津波に攫はれし松七万本なんぞ我が家の身売り三本

「あなたのこと思つています」易易と言へど何する　何が出来るか

三毒といふを知りたり愚痴《ぐち》・瞋恚《しんに》・貪欲《とんよく》いづれも我が身に痛し

つづまりは運命論に傾きぬ輪禍に逝きし人の通夜の座

追憶の中の少女は苦々し群るる・逆らふ・燥《はしや》ぐなどして

「良き人」にてありたる一日《ひとひ》に疲れたりかかる夜魔女への転生夢む

空をゆく鳥のくれたる一群れのヒヨドリジヤウゴ仄かにひらく

宙に舞ふサッカーボール夭逝の君のキックがわが胸を打つ

救急車朝より忙し近隣の老いたる「狼少年」のため

カサブランカ抱へ新月の夜を帰る他人《ひと》の言葉に少し傷つき

リベンジはせざるとも良し人はみな終末へ向け歩みゐるなり

実習のため黒髪に戻りたる少女と風の駅に別るる

破れジーンズ誇る二十歳《はたち》の汝《なれ》のため花の溢《こぼ》るる掛衿えらぶ

乏しかるサラリー割きて買ひくれしアイピローのせ夢に入りゆく

トルコ桔梗

繁り合ふサビタの木の間に見え隠る湖畔のホテル売値三億

目を奪ふ年譜S・20・8・10白蓮の子死す鹿屋《かのや》にて

昭和史にかかはる歌に付箋あり古書肆に求めし『秋天瑠璃』に

いつの日の誰が手になるや「ヨハネ伝」愛にかかはる栞こぼれつ

酸素マスクわづかにずらし切れ切れの言葉に告げき一期の別れ

船津さん

命惜しつくづく惜しと絶ゆるなく葬《はぶ》りの庭に蟬のもろ声

セレモニーの人垣のなか悲しみのトルコ桔梗は胸の上《へ》におく

亡き人は何告げたきか夢に来てひつそりと我が傍《かたへ》に坐る

農大の孫のアルバム賑々し馬・山羊・兎ともに収まり

所在地は「黒豚横丁」皿盛りのピンクの肉の写メール届く

飢餓人口八億と言ふこの星のテレビは見する飽食のさま

風花は

咲き揃ふ菜の花を背に笑む遺影辛苦の一生《ひとよ》幻として

開拓に汗を流しし梨畑　子は淡々と弔事終へたり

風花は天よりのふみ君逝きて二十年《はたとせ》越えし我が額《ぬか》にこそ

うらうらの建国記念日わが夫の忌日にあれば半旗かかげむ

祈りの姿おのづと浮かび去り難し橘夫人《ぶにん》念持仏の前

鷺山に帰り来《きた》れる二組のダイサギ見えて沼の明るむ

冬の間は立ち入らざりしハーブ畑巻き芽やはらな三つ葉の覗く

寿ぎて賜びし「交響曲第九番」歓喜のリズムに胸熱くする

花の苑にグラス掲ぐる束の間をかの空爆の難民よぎる

煩はしきこの世のことは捨ておけと笑み豊かなり鑑真和上

和顔施《わがんせ》とはこのことならむ遠き世の聖《ひじり》の坐像に人の輪とけず

人心は闇より深し雨の日の籠もり居に読む『後白河院』

囹圄《れいご》の人の思ひは知らずその母の歎きを測る雨に目覚めて

夢に来てマフラーふはりと巻きくれし感触のこる春寒の朝

高校生の群れ

「右向け右」「前に進め」の天の声宰相の頭《づ》に降《お》り来しならむ

「右向け右」「前に習へ」は戦時下の少国民への常の号令

名前より先づ番号の世とならむ軀《むくろ》とならば尚更のこと

傘寿とて祝はるる今日誕生日空気少しく淡しと思ふ

外つ国の茅葺き小屋に織られたるスカーフ纏ひ早春をゆく

我を負ひ『砂上を歩む神』ありと思はば残りの生易《せい》からむ

春の空撮りし写真の片すみの扁平雲の思はぬ力

競技前顔見せをなす馬場の馬面白からずと一頭荒るる

ギニョールのごとき動きの指揮者の背だれより熱く旋律《メロディー》語る

〝星条旗よ永遠なれ〟のメロディーに酔ひつつも疼く小さき棘の

フィナーレは会場混然渦をなし〝マンボ〟を叫び胸熱くする

自づからアメリカナイズしておれば核の傘下を出づるは難し

少数意見踏みにじらるる世にありて怖るるは過ぎし独裁者の影

弾けつつ高校生の群れがゆく軍靴を履くな戦列組むな

セーラー服の少女群れをりもう誰も水兵服の変化《へんげ》と思はず

学童の弁当箱にて造られし飛行機とびしも神話めきゆく

父母あらば如何に嘆かむこの憂き世水買ひにゆく黄昏《たそがれ》の道

鱗翅目舞ふ

見上げたる蘇芳の枝に粒粒の似紅《にせべに》色のはな七つ八つ

鰐梨はアボカドと読む命名のたくみに思はずその肌を撫づ

溫室の壁に根を張る蘭の花羨《とも》しからずや鱗翅目《りんしもく》舞ふ

断捨離は物のみならず積年の胸に秘めたる思ひかずかず

本堂を囲める雨は音もなし「こだはり捨てよ」の一言賜ふ

「非戦論」熱く語れる我が男《を》の子女にもてぬは尤もなるか

選ばれし者と選ばれざりし者正鵠射しやノアの方舟

これがかの聖橋かと渡りけり聖堂二つを結びゐる橋

聖《ひじり》とは聖《せい》なる謂《いひ》と思へるに「聖窓《ひじりまど》」とは如何なる故か

幸不幸問へど詮なし古き世の姫の遺しし純金台子《だいす》

人心を惑はすといふ蘭奢待《らんじやたい》　一寸ほどの木切れ鎮坐す

見るだけでムズムズとせむ漢学者下毛野虫麻呂《しもつけのむしまろ》といふ名は

使徒行伝・第九章の言葉とは初めて知りぬ「目から鱗」は

百合の花束

この辺り師の古書店のありし跡　並木裸木きさらぎの風

舌の上《へ》にほろろ崩るる信濃路の栗落雁は師の好みたる

城濠に浮く花筏かぜあれば風に従ふ遠き世のまま

シュプレヒコールあぐる反戦デモの列さくらの街に声うららなり

夜桜の下に激しきフラメンコ舞ふ人あれば花の乱るる

自らを殺めし友の醸したるイチゴ酒みたす夜光の杯に

一代にて財なしし人の念持仏仰げば拈華微笑《ねんげみせう》を賜ふ

二百年隔てて衆生に開かれし観音仏のみ光を浴ぶ

還暦の同窓会へ招かれて真白き百合の花束を抱く

相逢はぬ歳月四十五年なり隔たりし時駆け戻らむとす

中卒は金の卵と言はれし日多く関西へ行かしめ帰らず

たはやすく進路決定すすめしや恐れ知らずの若き教師は

幼《いとけ》なき恋の子細を聞かされつ手編みのマフラー貰ひしことも

二十歳《はたとせ》を待たず自死せし女子《をみなご》と雪崩に逝きし子胸深く生く

刻限のつきたる命のこと思ふ徒手の群れなる一人《いちにん》にして

「美しい普通の人」と言はれたる女《をみな》は自爆テロにて果てき

「人を殺して己れも死ね」と言ひし神　信じてパリに逝きにし哀れ

スイスの山の花

敬虔といふ語生きゐし遠き世に人は晩鐘ききて祈りし

柩覆ふ日章旗のもと死の後も身に重からむ祖国といふは

ＢＧＭは読経にあらず交響曲《シンフォニー》山の御堂《みどう》に躍る冬の陽

昨夜《よべ》の雨に沙羅の芽キラキラに蘇《かへ》りたりかかる日復活の予感に震ふ

生きゆくはロマンにあらず青鷺の口に銜へし銀鱗光る

逃避行叶はざる身のしばらくを心遊ばす舞台の上に

窮極の恋は心中　近松の美学にしばし現《うつつ》遠のく

我にまだ残る情熱シアターにカーテン・コールの一人《いちにん》となる

パリは遠し憧れわたる身の裡に今宵ダミアのシャンソン響く

「セ・フィニ」の歌終はりたり哀切の別れの言葉つぶやく幾度

人伝に遺されしスイスの山の花黄に咲きたるを君に告げたし

霜月の大地に

壮年の父の生きたるニューヨークへ行かむと思ふ行かで終はらむ

評されて「一言居士」と言はれたる父のこころを時に思ふも

なくしたる鍵につけゐし鈴の音の響く夜あらむ耳鋭くす

秀作か然《さ》らずか迷ひ古書店に得たる歌集の気になるチェック

マニキュアの灰色《グレー》の爪を灯に翳《かざ》し「若者の色」と誇れる　妬し

白鶺鴒《はくせきれい》わが自転車の前をゆく誘《いざな》ふやうに蔑《なみ》するやうに

奥八女の祭「浮立《ふりゅう》」は三角の杉の秀《ほ》の並む山の底にて

後征西将軍良成奥八女に若く逝きしを歴史は遺す

在りし日に犬の鎖を繋ぎたる杭の頭《づ》秋の驟雨に沈む

吹く風の眼《まなこ》に沁みる霜月の大地に犬の白骨《しらほね》かへす

ワスレナイデ

ワスレナイデ北風の撒く声を聴く桜ほころぶ弥生の朝《あした》

みちのくの痛みを分かつ術のなき我ら歌会にて祈りを捧ぐ

五年前の彼の日も歌会駅頭の号外を手に惨事を知りき

サングワッジフイチニヂ東北の人の哀しみは三・一一にはあらず

出来たての玄海原発巡りし日誰も思はず厄介者とは

東北は遥かなる地と思ひゐし我を鞭打つ熊本地震

唐突に装飾電灯ゆれはじめ静まる刻を指折りて待つ

大学に入りしばかりの若者の膨らめる夢を地震《なゐ》押しつぶす

「地震デス」機器の鋭き叫び声布に包みて遠くへ放る

幾たびも余震のありて知る被害フォトスタンドの君の傾く

鳥影

嫁の愚痴しうとの嘆きもはやなく老いのランチは胃の腑に優し

装はぬもの美しといつよりか思ふべくなりぬ心も素つぴん

俯瞰してきたるは何方《いづち》頭上よりピースと鋭き鳥の声降る

月光の束の射し入る廊を踏む忍びて渉るといふにあらねど

ミントの葉揺すりて一陣過ぎゆけば口中にはかに涼やかとなる

水鉢に椿浮かべぬ風ありて自在の手にて紅《こう》を遊ばす

「ローソクは好きな数だけ」友よりの絵手紙とどく生《あ》れし日の朝

長身の清《さや》けき姿わが裡にあれば訃報は信じ難かり

おのづから予兆表るるものならむ終の歌集を静かに閉ざす

鳥影のスイと過ぎたる朝の窓生きよと遠き声聞こえくる

あとがき

この歌集は私の第二歌集である。前歌集から二十年の歳月がたってしまった。理由は色々あるが、歌集は生涯に一冊で良いと思っていたのが主な原因である。

今回出版するきっかけとなったのは、亡き父母が残したノートがもとになっている。

父は波瀾に満ちた青春記を、母は老いてから始めた俳句を置いて逝った。

父のノートは、すでに七十年余の歳月を経て読解不能の寸前であり、母のノートも二十五年ほど経っていた。母の俳句は数が多く、門外漢の私にはその良し悪しは分からず、自分の好みで五百余り選んだ。

そして、それぞれ一冊にして子孫に残すことにした。

心が軽くなった。

自分の歌は自分で纏めて残そうと思った。

第二歌集は平成八年から現在迄の作品で、主として「作風」「歩行」（文芸誌）に発表したものの中から四一〇首を自選した。

前歌集の時代と今とでは、世の中の動きも、私の生活環境も大きく変化した。そのため、かなり内容も表現も違っていると思う。

歌集のタイトルは「インバネスの背」とした。

インバネスの師の背につきて過ぎりたる三池街道再び訪はず
からとった。

長山不美男師は、私に短歌の初歩を教えて下さり、「作風」に紹介して下さった師である。師晩年のある冬の日のこと。訪れた私をわざわざバス停まで送って下さった。珍しいインバネスコートを羽織って。

師について既に三十年近い歳月が過ぎていた。その間、私はひたすら師の背を見詰めていた。忘れられない背であった。しかし越えなければならない背でもあった。長山師は間もなく病臥される身となられた。私の歌も少しずつ変化していった。

この一冊を師に捧げたいと思う。


本歌集は大きく四つに分けた。

Ⅰ．歴史を辿る　Ⅱ．山を歩く　Ⅲ．旅を行く　Ⅳ．生きてゆく日々である。

Ⅰは、以前からのテーマで、大野誠夫先生の歌枕の地を訪ねて詠む、という試みをしたもの、歌枕の地ではないところもあるが、歌の心は受け継ぎたいと思って詠んだ。

なお、テーマに添って編集したので、制作年代はかなり前後している。

カバーの絵と挿画は亡父の遺したエッチングである。


歌集出版に際し、「作風」代表の金子貞雄様には、再三背を押していただいた上に温かい帯文をお寄せいただきました。心から感謝申し上げます。

また、いつも温かい心をお寄せいただいている歌友の皆様に、心からお礼を申し上げます。

そして、この度も父の遺作で歌集を飾ることが出来ましたことを、感謝したいと思います。

書肆侃侃房の田島安江様、黒木留実様に大変お世話になりました。厚くお礼申し上げます。

二〇一六年十二月

松﨑信子

■著者略歴

松﨑 信子（まつざき・のぶこ）

1935年　福岡県筑後市に生まれる
1971年　「母船」入会
1972年　「作風」入社
2008年　文芸表現誌「歩行」入会
現代歌人協会会員　日本歌人クラブ会員　福岡県歌人会会員

〒834-0042　福岡県八女市酒井田283

作風叢書第151篇

インバネスの背

二〇一七年一月二十五日　第一刷発行

著者　松﨑 信子
発行者　田島 安江
発行所　書肆侃侃房（しょしかんかんぼう）
〒八一〇・〇〇四一
福岡市中央区大名二・八・十八・五〇一
（システムクリエート内）
TEL：〇九二・七三五・二八〇二
FAX：〇九二・七三五・二七九二
http://www.kankanbou.com　info@kankanbou.com

装丁・DTP　黒木 留実（書肆侃侃房）
印刷・製本　大村印刷株式会社

ISBN978-4-86385-247-1　C0092